Anna Claudia Ramos

Sempre por perto

Antonio Gil Neto
arte

1ª edição
1ª reimpressão

CORTEZ
EDITORA

© Direitos de publicação
CORTEZ EDITORA
Rua Monte Alegre, 1074 – Perdizes
05014-000 – São Paulo – SP
Tel.: (11) 3864-0111 Fax: (11) 3864-4290
cortez@cortezeditora.com.br
www.cortezeditora.com.br

Direção
José Xavier Cortez

Editor
Amir Piedade

Preparação
Dulce S. Seabra

Revisão
Fábio Justino de Souza
Rodrigo da Silva Lima
Roksyvan Paiva

Edição de Arte
Mauricio Rindeika Seolin

Dados Internacionais de Catalogação na Publicação (CIP)
(Câmara Brasileira do Livro, SP, Brasil)

Ramos, Anna Claudia
    Sempre por perto / Anna Claudia Ramos; Antonio Gil
Neto, arte — São Paulo: Cortez, 2006.

    ISBN 978-85-249-1194-1

    1. Literatura infantojuvenil I. Neto, Antonio Gil. II. Título.

06-0590   CDD-028.5

Índices para catálogo sistemático:

1. Literatura infantojuvenil   028.5
2. Literatura juvenil   028.5

Impresso no Brasil — janeiro de 2012

Pra minha mãe e pra Lucia,
tão queridas.
E pro meu pai,
que me ensinou a amar os livros.

"É preciso inventar quando se quer contar
uma coisa muito verdadeira.
Na solidão pavorosa do ato de escrever,
invento o que quase fui, descubro o que tentei esconder.
Eu nem sabia que estava inventando uma vida,
agora eu sei.
Adio a minha morte enquanto eu puder brincar
de montar a minha própria história."

José Eduardo Gonçalves
Cartas do Paraíso

*F*azia sol. Uma bela manhã de outono, em que frio e céu azul se misturam dando uma luminosidade muito especial ao dia. Foi uma manhã dessas que Clara escolheu pra ir à casa da avó. Precisava ver se queria alguma coisa. A mãe já tinha pedido tanto. *Por favor, Clara, vem ver se você quer algum móvel ou os quadros. Sua casa é grande, você pode levar a cristaleira.*

Enfim, quando não deu mais pra adiar, Clara foi até o apartamento da avó. A sala enorme, agora totalmente vazia, deixou Clara com uma sensação estranha. Cenas da infância, lembranças. Ela e o irmão correndo por entre os móveis. A avó pedindo pra eles tomarem cuidado com a mesa de mármore. *Olha a cabeça, menina!*

Clara andou até a sala de jantar e viu a cristaleira. Com certeza levaria pra sua casa. Não queria deixar que se desfizessem de parte da história de sua família. Família. Essa palavra ficou martelando em sua cabeça. Era isso que ela temia. Sabia que quando entrasse no apartamento vazio da avó seu passado iria junto. Lembrou-se de uma frase que tinha lido no jornal um dia, não sabia ao certo de quem era, talvez do Betinho, o Herbert de Souza. Dizia o seguinte: "A morte acaba com tudo, mas a memória traz de volta a vida. As pessoas só existem na memória".

Nesse instante, Clara já tinha dado seu dia por perdido. Não iria trabalhar. Não conseguiria deixar aquela casa. Caminhou até a sala. Os raios de sol tomavam conta do ambiente. Clara se deitou, deixando o sol tocar seu corpo. Fechou os olhos e as imagens foram surgindo. Aquela mulher deitada no chão agora deveria ter uns quatro anos talvez. Em pé no banquinho da cozinha, que tinha colocado embaixo da janela daquela sala pra ver o que tinha lá fora.

O pai entrou na sala, viu a filha debruçada no peitoril da janela, tirou a menina do banco e deu a maior bronca. Estava nervoso. Depois conversou. Disse que era perigoso. Explicou que podia morrer, mas Clara não quis saber. Ficou zangada com o pai e falou que ia embora. O pai não pensou duas vezes. Pegou a mão da filha e caminhou até a porta. Abriu e disse que ela podia ir. Clara também não pensou, foi. Ficou escondidinha no *hall*. A mãe queria pegar a filha de volta. O pai não deixou. Não sei quanto tempo ela ficou lá, quietinha. Até que tocou a campainha.

Disse que tinha voltado. O pai e a mãe beijaram a filha, mas ela ficou uma semana sem falar com o pai. Depois vieram as noites em que ela acordava de madrugada e ficava com medo de ficar sozinha. Corria pro quarto dos pais e encontrava a porta fechada. Ouvia ruídos e sussurros e não entendia muito bem. Ficava sentada no corredor, encostada na porta. Ali adormecia. Depois o pai a levava de volta pra cama. Várias vezes essa imagem aparecia pra Clara. O pai. Tão forte a imagem do pai. Tão confuso ainda. O amor era confuso. Achava que o pai não a amava. Ele era tão diferente do pai das amigas. Um dia estava na casa da Fernanda e o pai da amiga chegou do trabalho com uma fita de música que estava na moda. Deu de presente pra filha e ainda a abraçou e beijou forte. Clara morreu de inveja. *Por que o meu pai não faz isso?*

Tentou. Chegou em casa e pediu pro pai comprar a mesma fita. No dia seguinte, Clara ficou ansiosa. Só pensava no momento em que iria receber seu presente. Não conseguiu nem fazer o dever de casa direito. A noite chegou, trazendo o pai de volta do trabalho. *E a fita, pai? Comprou? Ah, Clarinha, desculpa. O pai não teve tempo, mas vou dar o dinheiro pra você ir amanhã comprar com a sua mãe.* Raiva, tristeza, decepção. Não era o dinheiro que Clara queria. Aliás, nem da fita ela fazia questão. Queria mesmo era o beijo estalado, o abraço apertado, a fala mansa. *Que saudade, filhota.*

Vozes. Muitas vozes invadiram aquela sala. O passado veio à tona. Sua história. A memória surgiu de maneira avassaladora. Ganhou formas, nomes, cheiros. Vozes. Muitas vozes.

— Corre, Clara! Corre!

— Ah, não vale, Beto! Assim eu não quero brincar.

— Deixa de ser boba, Clara, corre. Vamos brincar longe daqui. Lá no riozinho.

Na verdade, Beto queria levar a irmã pra longe de casa. Estavam passando férias nas montanhas. Mas nesse ano tudo estava diferente. O pai e a mãe gritavam entre si, discutiam muito. Beto tinha acordado com o barulho. Sentiu que algo ruim ia acontecer. A mãe pediu pra eles brincarem fora de casa. *Podem ir de bicicleta até o riozinho.* Beto achou estranho. A mãe sempre tinha medo de que eles fossem até lá. E dessa vez era ela quem pedia. *Leva a Clara, meu filho. Por favor, brinquem por lá até a hora do almoço. Depois a gente conversa.*

— Corre, Clara!

— Ah! Tô cansada, Beto. Minhas pernas não aguentam mais pedalar.

— Tá bem. Vamos descansar um pouco.

Nessa época, Clara estava com quase dez anos e Beto com treze. Era um irmãozão. Amigo mesmo.

Beto sabia que o mundo deles ia desabar. A briga dos pais tinha sido feia e ele achava que dessa vez não teria volta. Clara ia sofrer. Seria inevitável. A distância do pai seria dura demais pra sua pequena irmã. Naquela manhã, Beto estava especial. Não implicou, pelo contrário. Foi carinhoso até demais.

— Beto, por que eu não nasci menino igual a você e o papai?

— Deixa de falar besteira, Clara. Você é uma menina linda.

— Ah! Ser menina não tem graça nenhuma. A vovó fica dizendo que eu tenho que ser comportadinha, andar arrumadinha, sentar feito mocinha. Você pode sair sozinho e eu não. É perigoso uma menina andar sozinha na rua. A mãe vive falando isso.

— Eu posso sair sozinho porque eu sou mais velho que você.

— Ai, que mentira! Você anda sozinho na rua desde os dez anos, quando a gente estudava naquela escola na Gávea. Você voltava sozinho de ônibus, tá!

— Ah, Clarinha! Eu gosto de você assim: menina. Com esse cabelo cheio de cachinhos. E vou gostar sempre. Mesmo com essas pernas todas esfoladas. Olha só! Nem tem mais lugar pra botar *band-aid*.

— Tá vendo! Até você fala dos meus machucados. Ontem a mamãe e a tia Lina ficaram me enchendo. "Isso não é perna de menina, Clara." Por isso eu não quero ser menina. Menino é muito mais legal. Pode jogar futebol sem ninguém falar nada.

Alguns anos atrás não era comum meninas jogarem futebol. Então, Clara não sabia o que deveria fazer. Ela adorava jogar e jogava bem. Era uma menina com muita energia. Precisava se exercitar muito. Mas nem todos os adultos entendiam isso. Clara era assim. Tinha energia saindo pelos poros e ao mesmo tempo era a mais sensível e doce das meninas. Sempre tão dividida entre dois mundos. O masculino, do pai e do irmão, e o feminino, da mãe. Clara era mulher como a mãe, mas queria ser homem feito o pai. O mundo masculino era muito mais interessante na imaginação daquela menina. A mãe não trabalhava, só cuidava da casa e dos filhos. O pai sim. Trabalhava fora, pensava, tinha muitas ideias e viajava. A mãe tinha desistido de se formar bailarina profissional só pra casar. *Que besteira.* Clara achava aquilo uma tolice.

— Ah, mãe! Por que você não continuou dançando? Assim, a gente podia ter uma academia de balé. Eu, hein? Deixar de dançar pra casar? Então eu não quero casar. Deve ser muito chato.

— Não fala besteira, minha filha. A mãe largou a dança porque quis. Quando você crescer, você vai entender.

— Eu não vou entender nunca, mãe. Eu acho que você devia voltar a dançar.

— Agora é tarde demais, filha. Tem quase quinze anos que eu parei de dançar.

— E daí, mãe?

Clara era decidida. Desde pequena sabia o que queria. Só vestia o que gostava, só falava o que dava vontade. Não tinha vergonha de viver esfolada. Achava ridículas aquelas garotinhas de vestidinho engomado igual a bolo de casamento. Ela achava *short* e camiseta muito mais legal. Ao mesmo tempo gostava de se enfeitar, de prender o cabelo e usar sainhas. Hoje, Clara é uma mulher e entende seu jeito de ser, mas a Clara menina não entendia. Não se achava decidida e vivia confusa com tantos sentimentos diferentes dentro de uma mesma pessoa.

Hora do almoço. Hora de voltar pra casa e ter de deparar com algo diferente, talvez inevitável. Agora Beto não corria mais, não podia, não queria voltar pra casa.

— Corre, Beto! Deixa de ser molenga!

— Não quero não, Clarinha. Tô cansado. Vamos bem devagarzinho.

A cada pedalada, o rosto do irmão ficava mais triste. A voz muda. A perna sem força.

— Que foi, Beto? Cê tá passando mal?

— Não, Clarinha. Não é nada, não.

— Então, por que cê tá com essa cara?

— É medo, Clara. Eu não quero voltar pra casa. Hoje cedo eu vi o pai e a mãe brigando, e dessa vez foi feia a coisa. Você já reparou que eles andam discutindo muito de uns meses pra cá, não reparou?

— Ah, Beto! Deixa pra lá. Se brigou, brigou. Vai ver é aquela história que a mamãe quer trabalhar e o papai fica falando que ela não precisa. Ele fica é com ciúmes, que eu sei. Deixa de ser bobo e vamos logo. Tô morrendo de fome.

Beto não entendeu nada. Ele estava tentando proteger a irmã daquela dor, e ela estava com fome. Como ela poderia sentir fome se talvez eles chegassem em casa e os pais falassem que iam se separar?

E é claro que foi exatamente isso que aconteceu. Os dois chegaram em casa e os pais chamaram pra uma conversa. Explicaram a situação, a separação, como seria a nova vida. Que agora eles iam ter duas casas. A do pai e a da mãe. Que eles eram muito amados e poderiam contar sempre com eles. Que quem ia se separar era a mãe e o pai e não os pais dos filhos. Beto chorava sem parar. As lágrimas, a voz engasgada, a dor estampada em seu rosto. O abraço forte na mãe, querendo uma proteção perdida, querendo se achar.

— Por que, pai? Precisa separar?

— Larga de ser bobo, Beto. Se eles falaram que tem é porque tem. Nem sei pra que essa choradeira.

Todos olharam meio assustados pra Clara. Ninguém esperava essa reação da menina. No dia seguinte voltariam pro Rio de Janeiro. O final das férias tinha sido antecipado por conta desse episódio. Só teriam mais aquela tarde como uma família unida. Quando chegassem, o pai ia morar com a avó, já que ela morava sozinha naquele apartamento enorme. Beto não arredou o pé de casa. Queria ficar com o pai e a mãe. Clara não. Pela primeira vez a deixaram sair sozinha de bicicleta. Estavam todos muito confusos. Mas, com certeza, os pais estavam mais abismados era com a reação de Clara. Ela não chorou, não gritou. Ficou quieta, parecia até ter aceitado bem. Em compensação o Beto, que eles esperavam que entendesse melhor, por ser mais velho, estava sofrendo muito mais.

Clara ficou muda a tarde toda. As ideias, as sensações, o irmão, o pai, a mãe, tudo rodava dentro dela como num caleidoscópio. Imagens misturadas, sentimentos misturados. Dor. Muita dor. Ao mesmo tempo alegria. *Vai ver agora a mãe volta a dançar.* Nessa tarde, Clara não quis ser menino.

De volta pro Rio, a vida ganhou novo rumo. Pai de 15 em 15 dias. Fim de semana na casa da avó. Todos tinham de se acostumar com a nova rotina. A mãe ganhou uma expressão mais sofrida, mas mesmo assim parecia ter ficado mais leve, mais solta. Menos nervosa. O pai pagava pensão, daria pra mãe viver sem trabalhar, mas ela sentiu necessidade de ter uma ocupação, não importava qual fosse, desde que a deixasse feliz.

Foi assim que Isa começou a trabalhar. Naquele verão sua vida se transformou. Isa foi contratada como recepcionista numa academia de dança. Sua paixão estava ali, tão próxima. Nas meninas, nas mulheres, nos cabelos presos, na música que entrava por todo o seu corpo, fazendo Isa se sentir muito feliz. E foi tão grande a sua alegria que em pouco tempo ela conseguiu encantar as pessoas que frequentavam a academia. Seu sorriso era contagiante. Isa voltou a sentir-se mulher, não só mãe ou esposa, mas alguém que tinha vida própria e podia sonhar.

Beto estranhou demais a nova mãe, logo ele que era tão acostumado a ter tudo ali, pronto. Na hora certa. Muitas vezes teve de se virar sozinho, preparar seu próprio lanche, ir ao mercado comprar alguma coisa que faltava. E Clara? Agora, sim, seu mundo estava fragmentado, dividido em duas partes iguais. Seus amores. De um lado o pai. Do outro a mãe. Até então, a visão de Clara era uma. O pai forte, o chefe da família, o detentor das ideias, o intelectual, bom leitor, culto. A mãe fraca, dona de casa, esposa, que esquecia seus sonhos, anulava-se.

Um pai que Clara amava profundamente, mas também um pai que não conseguia ser o pai que ela queria ter, com abraços fortes, beijos estalados, que a chamasse de minha princesa. Clara não se sentia amada pelo pai. E ela o amava. Seu rosto redondo, seus livros, suas conversas. Então Clara amadureceu muito rápido. Adentrou nesse mundo masculino que ela pensava existir. Lia tudo, sabia falar sobre vários assuntos. Era muito curiosa. E com doze anos já conversava e trocava ideias com o pai de igual pra igual. Foi essa a maneira que encontrou pra se aproximar dele. E por meio de conversas e olhares ela amava o pai. Mas era pouco, sempre faltava um afeto que não chegava.

Com a mãe era totalmente diferente. A mãe dava beijo, abraço, colo, carinho. Essa mulher que renascia de repente assustou Clara, e desmoronou sua ideia de que a mãe era fraca. Isa parecia tão forte, tão segura de si depois da separação. Foi à luta, arrumou um jeito de se aproximar da dança. Tudo isso deixou Clara extremamente confusa. Agora quem parecia fraco era o pai. Se antes ele dependia da mulher pra lavar, passar, cozinhar e administrar a casa, agora ele dependia da mãe. Alexandre não aprendeu a virar-se sozinho. Morava com a mãe, e era essa avó quem acabava cuidando dos netos.

Quando os pais se separaram, Clara achou que finalmente ela teria um pai presente no seu dia a dia, ou pelo menos nos fins de semana que estivesse com ele. Pensou que ele iria se virar sozinho, levar os filhos pra praia, pro cinema, pras festinhas. Mas que nada. A mesma rotina se repetia. Só saía pra praia depois de ler todo o jornal. Não aprendeu a adaptar-se às mudanças. Continuava sem saber o que teria pro jantar. Era a avó quem cuidava pra que tudo funcionasse nos fins de semana em que os netos vinham.

— Oi, vó! A gente trouxe a mesa de botão pra cá, tem problema?

— Claro que não, Beto. Mas é melhor armar no quarto de vocês.

— Então vamos logo, Beto. Eu comprei um botão novo e quero ver se é bom.

— Essa não, Clarinha! Vai me dizer que agora você também joga botão? Isso é coisa de menino.

— Ah, vó, sem essa, né? Não tem nenhuma lei que proíbe menina de jogar botão, futebol e soltar pipa. Me deixa fazer o que eu gosto.

— Você vai acabar virando menino. Olha só, Alexandre. Agora até boné a sua filha deu pra usar.

— Deixa ela, mamãe.

— Pelo menos nisso você é legal, pai. Poxa! Não é porque eu gosto de jogar botão que eu vou virar menino. Até porque eu brinquei muito de boneca até o Natal passado, tá, vó?

— Para de falar, Clara. Vem logo que eu já armei a mesa — gritou Beto lá do quarto.

O quarto era grande. Tinha um sofá-cama forrado com um tecido xadrez vermelhinho, um armário enorme, uma estante com livros e objetos pessoais dos dois irmãos. Coisas que eles tinham levado pra lá, pro quarto ter um pouco a cara deles.

Só que agora, revisitando a casa vazia da avó, Clara via o velho sofá-cama e não tinha coragem de deixar que o jogassem fora. Tantas noites dormidas ali, tantos segredos revelados entre ela e Beto. Tanto choro abafado naquelas almofadas.

Clara tinha acabado de chegar da terapia e estava deitada no sofá. O cheiro da comida da avó entrava porta adentro.

— Vem, Clarinha, vem almoçar.

— Agora não, vó. Tô sem fome. Depois eu como.

— Mas a comida tá quentinha, minha querida.

— Depois, vó!

A avó nem chamava mais, ela sabia que a neta era teimosa e não iria mesmo. Era impossível almoçar depois de ter voltado da terapia e ter tido aquela conversa com o Vicente:

— Você tá sendo preconceituoso.

— Continuo na minha postura. Ainda acho que você não precisa viver tudo o que a sua fantasia apresenta.

— Por que não? Qual o problema?

— Porque nem tudo que imaginamos é para ser vivido. Além do mais, você já tem um histórico de confundir fantasia com realidade.

— Não tem nada a ver. Você é que não está conseguindo aceitar essa relação. No fundo você deve ter medo desses sentimentos.

— Clara, eu não estou aqui para ser analisado por você, e sim para ajudá-la a se conhecer melhor. Não importa o que eu penso ou sinto a respeito deste assunto, e sim como você vai ficar se levar essa história até o fim.

— Esse problema é meu. Você não acha?

— É claro que é seu, mas eu torno a dizer: essa história está na sua fantasia, ela não é real, Clara. Você não precisa vivê-la pra ser feliz. Precisa entender.

— Entender? Eu não quero entender. Chega de entender, eu preciso viver.

— Então eu não posso fazer nada.

— Pode sim. Pode me deixar em paz. Até porque acabei de resolver que não volto mais aqui. Não quero mais ouvir você falar das minhas fantasias. Eu quero ser feliz.

Foi assim que Clara deixou o consultório do analista. Bateu a porta sem olhar pra trás. Não aguentava mais tanta explicação. O difícil foi convencer o pai de que não precisava mais da terapia. *Você estava indo tão bem. Parar logo agora, por quê?*

Porque Clara precisava viver suas fantasias. Experimentar. Ela não tinha medo, tinha apenas desejo. Era a primeira vez que sentia necessidade de ir até o fim com essa história. Como ela iria contar pra mãe que estava apaixonada por uma amiga? A mãe sabia que ela não era mais virgem. Já haviam conversado sobre esse assunto na ocasião. A mãe a tinha levado ao ginecologista. O pai tinha conversado também. Como ela poderia trair a amizade da mãe? Logo ela, que era sua amiga de verdade.

Chegou na casa da avó e correu pro colo da Nani, a empregada que trabalhava lá desde que Clara era pequena.

— Oi, Nani, tudo bem?

— Comigo sim, Clarinha, mas com você parece que não tá nada bem.

— Não é isso. Comigo tá tudo bem, eu só não sei se vai ficar tudo bem quando eu contar pros meus pais.

— O que é, Clarinha? Não vai me dizer que você está metida com drogas?

— Claro que não, Nani. Que ideia!

— Então o que é?

— É uma longa história que preciso contar pra mamãe pelo menos. Mas vim pra cá pra ver se arrumo coragem.

— Escuta uma coisa, minha querida. Eu não tenho muito estudo, mas te conheço desde bebê e acho que sei um pouco sobre a vida. Você é independente, Clara, e isso deixa as pessoas nervosas. Todo mundo sempre fica incomodado com as pessoas que são verdadeiras.

— Mas vai ser assim pra sempre, Nani?

— A vida toda, meu anjo. Mas continue sendo verdadeira e arque com os custos e as consequências dos seus desejos. E lembre-se: não desista nunca sem pelo menos lutar pelo que você deseja, mesmo que tenha de pagar um preço alto.

Clara abraçou-a forte e disse:

— Pô, Nani, brigadão, hein. Você é maravilhosa.

Como Clara ia contar pra mãe sua paixão pela Luna? Contar sobre o Fernando foi muito mais fácil. Eles já namoravam havia quase um ano quando perderam a virgindade juntos, lá em Teresópolis, naquele fim de semana incrível.

Agora lembrava do Nando, o seu Fernando. Eles eram tão adolescentes quando se conheceram num baile pré-carnavalesco no clube. Começaram a namorar logo na semana seguinte. Ele era primo de umas amigas, que moravam no mesmo condomínio de casas onde ela passava férias. Faziam um casal lindo. Namoravam no portão do condomínio. Tudo ia superbem até a chegada do carnaval, momento totalmente mágico pra Clara. De puro encanto e brincadeira. Mas como pular o carnaval com um namorado? Seria a primeira vez que Clara passaria um carnaval namorando. Ela estava superdividida. Adorava o Nando, mas adorava o clima do carnaval. Não pensou duas vezes. Terminou o namoro no sábado de carnaval. Brincou a valer. Paquerou, ficou, beijou na boca. E o coitado do Nando arrasado vendo seu amor se divertir. O pobrezinho ficou fiel o carnaval todo, esperando por Clara. Ele enlouquecia com ela, mas estava de quatro, completamente apaixonado. É claro que na quarta-feira de cinzas eles voltaram a namorar, como se nada tivesse acontecido.

Quase um ano depois, os dois perderam juntos a virgindade. Tinha sido lindo, especial, delicado. Como todo primeiro amor deve ser. Clara ficava feliz com isso. A mãe sabia, o pai também. Mas agora era diferente. Uma coisa era contar que tinha perdido a virgindade com o Nando, a outra era contar que estava apaixonada pela Luna, sua amiga. Mas não contar seria trair a confiança da mãe.

De volta pra casa a conversa seria inevitável. A essa altura do campeonato, a mãe já era outra mulher. Com o emprego na academia de dança, ela havia resgatado a sua história. A bailarina perdida. A dança esquecida que insistia em dançar dentro dela. Agora a mãe tinha voltado a dançar. Não como bailarina profissional, mas como uma mulher que solta o corpo e se entrega ao pulsar dos ritmos da vida. Antes a mãe parecia tão pequena e o pai tão grande. Mas tudo se havia modificado pra Clara. A mãe estava tão grande, tão intensa. E o pai ainda ficava fechado no seu mundinho. Era tão estranho perceber isso. Mas nada importava naquele momento, apenas a conversa entre mãe e filha.

— Oi, mãe, tudo bem?

— Tudo, filhota. E com você? O Vicente, seu terapeuta, me ligou. Você sabe o que ele quer comigo?

— Acho que sei, mãe. Ou pelo menos posso imaginar.

— O que é, filha?

— Nada, mãe, besteira.

— Então tá, Clara. Vou tomar um banho, porque eu estou exausta.

Clara rodou pela casa sem ter sossego. Entrou no banheiro umas quatro vezes enquanto a mãe tomava banho.

— Você quer me falar alguma coisa, filha?

— Não, mãe, que besteira. Por quê?

— Porque sempre que você quer falar alguma coisa, você fica me rondando igual mosca de padaria no pão doce.

Numa fração de segundos, Clara teve que decidir o que faria. Contava ou não pra mãe? Isa foi saindo do

banheiro, Clara foi atrás. Em silêncio. Até que não aguentou.

— Tá bem, mãe. Eu falo. Você já me conhece mesmo, eu não vou conseguir esconder por muito tempo.

— O que é, filha?

— Eu larguei a terapia.

— Mas por que, Clara? Estava indo tudo tão bem. Por que parar logo agora?

— Porque o Vicente tava sendo preconceituoso, mãe.

— Como assim, filha?

— Ah, mãezinha! É tão difícil contar...

— Clara, você sabe que pode contar comigo pra qualquer coisa, filha. Mas não vai me dizer que você está grávida?

— Ai, mãe! Claro que não.

— Então o que é? Drogas?

— Não, mãe. Amor.

— Mas amor é tão bom, filha. O que está te deixando tão aflita assim?

— Esse amor é proibido, mãe. Não sei se você vai entender.

— Eu sou sua mãe, Clara. Como eu não te entenderia? Eu te pus no mundo, esperei nove meses, amamentei. Eu te amo, filha. Pode confiar em mim.

— Ah, mãezinha! É tão difícil começar. Mas se você quer saber, vamos lá.

A essa altura a mãe já estava ficando preocupada. O que poderia ser?

— Eu tô apaixonada pela Luna, mãe. A gente se beijou outro dia e foi tão forte.

A mãe ficou tão branca quanto no dia em que Clara contou que não era mais virgem. Mas essa história era inédita. A filha apaixonada por uma amiga, e ainda por cima revelando esse segredo tão íntimo.

— Ai, minha filha! — e se abraçaram bem forte enquanto Isa falava. — Como você é querida, Clara. Eu não sei exatamente o que te dizer, mas preciso dizer que eu admiro você pela sua coragem de lutar pelo que acredita. Sem medo. Tem tanta gente que chega na velhice tão arrependida pelas coisas que não fez na juventude... Ficam velhos amargurados, frustrados. Não deixe nunca de lutar pelos seus sonhos. Mas é claro que essa história não é leve e me pegou de surpresa.

— Eu sei, mãe. Mas é que você sempre soube das minhas coisas. Eu nunca escondo nada de você. Eu precisava te contar. Sei que não deve ser fácil ouvir isso da sua própria filha. Assim como não está sendo fácil sentir essas coisas. Mas você é uma mulher incrível, que se mantém ligada com o mundo, acompanhando as transformações. Eu não poderia viver essa história sem te contar. Eu não me sentiria bem.

— Que bom que você confia em mim, Clara. Fico contente por isso. Saber que minha menina me tem como amiga. É bem melhor assim. Tantas mães não conseguem entender os filhos e vivem em eterno conflito. Que bom que você sabe que pode contar comigo. Eu jamais vou querer seu mal. Muito pelo contrário. Vou te proteger sempre.

As duas se abraçaram novamente, e depois cada uma foi para o seu quarto. Clara não conseguiu fazer outra coisa a não ser ficar deitada. Ela não sabia mais em que tempo estava, se era uma adolescente na casa da mãe ou se era uma mulher que revisitava a casa vazia da avó. Os tempos, as cenas, tudo se misturava. Por dentro. Parecia uma tempestade de emoções.

— Corre, Clara! O Dico vai te pegar. Se esconde logo.

— Não dá pra correr mais rápido, Luísa.

— Tenta, Clara. Deixa o Dico comigo.

Clara entrou correndo no quintal da casa da Renata. Estava novamente no mesmo condomínio de casas, só que agora com sete anos, brincando de polícia e ladrão com a turma. Era pura diversão. Uma delícia. Um corre-corre danado. Crianças pequenas e mais velhas misturavam-se numa grande alegria. Clara era do time dos ladrões e fugia do Dico, do time da polícia. Ela havia entrado na casa da Renata.

No fundo do quintal havia um caquizeiro. Clara enfiou-se entre a árvore e a cerca viva. Levou um susto. A Cláudia já estava lá. Escondida. Ficaram horas ali, no maior silêncio. Abraçadinhas, pra ninguém conseguir achá-las. A turma acabou até se esquecendo das duas, que não viram o tempo passar, e quando se deram conta já havia anoitecido.

A partir de então, Clara e Cláudia só ficavam no mesmo time e sempre se escondiam sozinhas no espaço secreto existente entre a cerca viva e o caquizeiro. Nunca ninguém descobriu esse segredo. E elas nunca eram encontradas.

Um dia, estavam todos reunidos na casa do Cacau, entretidos com um jogo qualquer. Cláudia estava sentada no sofá e Clara deitada no colo dela. Cláudia era mais velha, já tinha mais de treze anos e iria voltar pro Rio naquela tarde. Quando o pai de Cláudia a levou embora, Clara sentiu uma dor tão grande no peito, um vazio que não sabia explicar. Igual ao vazio que sentiu anos mais tarde, quando a professora de literatura não ia dar aula e elas não conversavam ou não almoçavam juntas na cantina do colégio. Ou talvez o mesmo vazio que sentiu quando Tatiana saiu do balé. Ela e Clara frequentavam a mesma academia de dança.

De repente, Clara não tinha mais sete anos e sim trinta e cinco. Era um dia chuvoso. Sua filha brincava com a prima no quarto enquanto ela preparava um lanche. As duas estavam muito quietas, e Clara foi ver o que elas faziam. A porta estava um pouco aberta. O suficiente pra Clara ver Ciça beijando Marcinha. As duas se beijaram, depois limparam a boca com as mãos e continuaram a brincar de boneca como se nada tivesse acontecido. Depois Ciça contou pra mãe que tinha beijado a prima na boca, que tinham ficado peladas pra uma ver como era a outra.

— Pode, mãe?

Clara deu uma gargalhada. Como ela poderia falar pra filha que não podia, se um dia ela mesma havia feito isso? Mas também não podia deixar uma menina tão pequena sair por aí beijando na boca.

— Não, filhota. Não pode, porque você só tem quatro anos. Quando você for maior, aí vai poder, tá combinado?

— Tá bom, mãe.

Ciça devia ter dado outros beijos em amiguinhos ou amiguinhas, afinal isso faz parte das descobertas das crianças, que, por natureza, são curiosas em relação ao outro e a si mesmas. Mas, como mãe, Clara precisava orientar a filha e ensinar os limites da vida.

Clara lembrou-se de quando era bem pequena e corria atrás do Ivan pra lhe dar um beijinho na boca. Lembrou-se do pátio da escola, do amigo de cabelos bem lisos correndo e ela atrás. Corria até alcançar o

Ivan e beijá-lo. Depois, os dois deitavam no chão de areia do pátio e caíam na gargalhada, exaustos de tanto correr.

Quando a mãe do Ivan contou pra Isa que eles se iriam mudar pra Minas Gerais, Clara chorou muito. Teria de se separar do seu melhor amigo. Para uma menina pequena, Minas Gerais não significava um outro Estado. Ela não entendia o que poderia ser ir pra Minas. Minas para ela era apenas o nome de um queijo. *Será que meu amigo vai morar num queijo?* Naquela noite, antes de dormir, deitada na cama, Clara só tinha uma imagem. Uma enorme grade de ferro que se estendia ao longo de uma calçada. De um lado estava ela, no chão de cimento. Do outro, num enorme gramado verde, estava o Ivan. Foi a última imagem de seu amigo. E eles tinham apenas seis anos.

Com a mesma idade teve uma amiga chamada Bianca. Aliás, ela, Bianca e Ivan estudavam na mesma escola e sempre brincavam juntos na casa de um deles. Naquele dia estavam apenas as duas. Tinham acabado de se pintar inteiras. Uma passou tinta no corpo da outra. Ficaram só de calcinha e imundas de tinta, às gargalhadas. Até que o pai de Bianca achou que tinha alguma coisa estranha acontecendo e chamou as meninas.

— Bianca? Clara? O que vocês estão fazendo, hein?

Elas se olharam com uma cara tipo "já era", pois o pai ia ver a bagunça e a bronca seria inevitável. Não pensaram duas vezes. Enfiaram-se debaixo das cobertas e ficaram quietinhas.

— Nada, pai. A gente tá fingindo que tá dormindo.

O pai entrou no quarto e puxou o lençol. Viu as duas imundas de tinta, o lençol mais sujo ainda. Deu uma bronca e botou as duas no banho. Depois saiu e elas ficaram sozinhas no banheiro. Aí é que a farra continuou. Aquela água colorida escorrendo corpo abaixo e percorrendo o chão do boxe era uma outra bagunça. Bianca e Clara riram como nunca naquela tarde. E pensaram: *como adulto é bobo de vez em quando.*

Nunca mais se tinha lembrado dessas histórias. Que magia seria essa que estava fazendo a infância de Clara vir à tona e tornando sua vida tão clara quanto seu próprio nome?

Tudo se ia encaixando. Seus amores, sua relação com pai e mãe, a saudade que sentia do irmão. O dia estava indo embora e ela ainda na casa da avó. Imóvel, sem conseguir se mexer. Lembrou-se novamente daquela conversa que teve com a mãe sobre a Luna. Aquele amor tinha ficado pra sempre tatuado na sua pele. Por dentro. Na alma. Naquele cantinho onde moram as pessoas mais queridas e amadas que nos habitam em lembranças e saudades. Que nos visitam em sonhos, músicas e lugares já percorridos.

Luna chegou de repente na vida de Clara. As duas estudavam no mesmo colégio, no pré-vestibular. Eram um pouco amigas, mas Luna era sempre tão misteriosa, como se escondesse alguma coisa. Até que numa tarde, Clara foi procurar Luna na quadra do colégio. Ela estava jogando futebol. Coisa que poucas meninas tinham coragem de fazer. Clara chegou e perguntou se podia jogar também. Naquela tarde, sentiu que seu modo de olhar Luna era diferente. Não via só uma amiga. Tinha vontade de ficar com ela, de beijar, de abraçar. Não sabia como explicar, mas sentia que Luna também compartilhava esse sentimento. Clara sempre desconfiara que Luna gostava de namorar meninas. Ela nunca tinha visto Luna com nenhum garoto do colégio nem falar sobre namorados. Mas a amiga sempre ia embora das festas ou das aulas de forma misteriosa. Naquele dia, tudo começou a esquentar entre as duas.

— Oi, Clara! Sabe que eu sonhei com você outro dia?

— É mesmo! E o que foi?

— Não se preocupe que não foi nada proibido. Não foi nenhum sonho erótico.

— Que pena!

Luna ficou olhando pra Clara de boca aberta, perplexa com aquela resposta. Chegou a cair com a bola. Mas a Bel chegou com a Joana e com o Rodrigo e não deu pra elas falarem mais nada.

À noite, em casa, Clara não parava de pensar em Luna. Ouviu mil vezes uma música que lembrava a amiga. Queria ligar, mas não tinha o número do telefone. No dia seguinte, e em todo aquele resto de semana, as duas se olharam a todo momento de um jeito diferente. Forte, cheio de desejo. Conseguiram ter poucas conversas, pois no colégio sempre havia gente por perto. Só na sexta-feira é que se falaram com um pouco de calma e Luna pediu o telefone de Clara.

Combinaram então de se encontrar na praia do Leblon. Luna já estava lá, quando Clara chegou de bicicleta e chamou a amiga pra pedalar com ela, mas Luna achou melhor prenderem a bicicleta num poste e andarem pela praia. Não foram muito longe, logo se sentaram na beira do mar. O coração acelerado, sem saber exatamente o que fazer. Até que finalmente Clara conseguiu perguntar qual tinha sido o tal sonho daquela conversa da quadra do colégio. Luna não falou nada, só abaixou a cabeça.

— Fala, Luna. O que você sonhou?

— Não posso, Clara. Deixa pra lá.

— Não. Não deixo. Agora eu quero saber.

— Tá bem. Se você quer saber, foi isso — e Luna puxou o cabelo de Clara. — E depois eu te beijava. Tá satisfeita?

— Ainda não. Você quer ir comigo lá pra casa? Acho que não tem ninguém lá agora.

— Eu não posso, Clara. Ou melhor, eu não devo.

— Por que, Luna? Não tô te entendendo. Nós duas não somos mais criancinhas e sabemos exatamente o que está acontecendo. Já tem mais de uma semana que nossos olhares estão diferentes, que eu não paro de pensar em você. Por que você não pode?

— Porque eu tenho uma namorada há três anos e a gente se ama, entendeu?

Clara baixou a cabeça entre as pernas e começou a chorar. Não era possível. *Por que isso tá acontecendo? Me envolver com uma mulher já tá sendo difícil, mas com namorada é pior ainda.*

— Clara! Olha pra mim, Clara! Não fica assim, não. Eu também tô superconfusa. Você tá mexendo demais comigo e eu não sei o que fazer. Eu e você somos superparecidas, temos tanta coisa em comum. Mas eu tenho uma namorada e ela é uma pessoa incrível, eu não tenho o direito de magoá-la. Só que eu não consigo parar de pensar em você. De sonhar.

— Ai, Luna! Por que você não me disse antes? A gente podia ter evitado que as coisas chegassem até aqui.

— Oh, Clarinha! Vê se me entende. Como eu ia falar pra você que eu tenho uma namorada? Você me pegou de surpresa com essa história. Eu nunca imaginei que você gostasse de mulheres. Eu gosto desde os quinze anos. E aprendi a conviver com essas emoções e ficar na minha. Quase ninguém entende. Mas você? Eu nunca percebi.

— Na verdade, Luna, você é a primeira mulher com quem eu tenho coragem de dizer que quero ficar, beijar, tocar, sentir. Tá tudo muito forte dentro de mim. Fico toda molhada quando você tá perto de mim. É puro tesão. Entende?

— Entendo, Clara. Eu também tô assim. Me diz uma coisa. Você teria mesmo coragem de me beijar?

— Claro! É tudo que eu quero. Mas onde? Aqui no meio da rua é impossível.

— No banheiro daquele bar do outro lado da praia.

Então, as duas saíram correndo. Atravessaram a rua de mãos dadas e sorrindo. Com as caras mais levadas desse mundo. Tipo criança quando vai aprontar besteira. Pediram pra usar o banheiro. Trancaram-se. Uma olhou bem nos olhos da outra. Luna pegou Clara pelos cabelos e fez como no sonho. Clara não sabia exatamente o que fazer, mas deixou sua imaginação e seu desejo irem longe. Ficaram uns dez minutos no banheiro, até uma moça bater na porta e elas terem de sair. Estavam totalmente descabeladas, com cara de desejo. Ligadas pelo fio invisível da paixão. Uma louca paixão que não sabiam onde ia parar. Foram quase três meses assim. Encontros clandestinos. Muita alegria e muita dor ao mesmo tempo. Isa acompanhou parte da angústia da filha. Não era fácil lidar com aquele tipo de sentimento. Ver a filha sofrer já era ruim, mas aquela dor era muito pior. Luna não se decidia. Não queria terminar seu namoro com Lígia nem perder Clara. Mas Clara não aguentava mais. Ela não precisava dessa dor tão grande. Já era difícil amar uma mulher, de ser taxada de homossexual. Mas ela bancaria tudo isso. Enfrentaria o mundo se fosse preciso. Porém Luna não terminava seu namoro. E Clara não queria mais ser clandestina. Ou melhor, não queria ser o clandestino do clandestino.

— Luna, acho melhor a gente parar.

— Eu sei, Clara. A gente precisa parar.

— Eu só não entendo por que a gente precisa parar se a gente se ama.

— Porque existe uma outra pessoa também.

— Termina com ela e fica comigo.

— Eu não posso, Clara.

— Pode sim. Poder você pode. Você não quer.

— Não é fácil assim, Clara. Eu não quero te perder. Mas não consigo me desligar da Lígia.

Clara não queria acreditar no que Luna falava, mas ao mesmo tempo sabia que precisava tomar uma atitude e ser forte. Alguém precisava parar.

— Você nunca vai me perder, Luna. Eu vou estar sempre por perto. Você vai morar sempre dentro de mim. Mas eu não aguento mais viver essa história. Eu te amo muito e tô muito apaixonada pra te ter pela metade. Prefiro sofrer agora, me rasgar e me recuperar, do que sofrer todo dia um pouco com essa loucura. Chega! Eu não aguento mais. Eu tô um farrapo emocional. A gente não precisa disso. Amor é pra gente ser feliz. Minha mãe diz que quando o amor faz a gente sofrer é porque não dá mais.

Luna abraçou Clara tão forte. As duas choravam sem parar.

— Eu preciso parar, Luna. Eu não suporto mais ficar com alguém que tem medo de me amar. Mas você é responsável pelas suas escolhas. Vê se não vai se arrepender ou sentir saudades. Tchau.

— Tchau, meu amorzinho.

— Para! Para de me chamar de seu amorzinho se você não quer que eu seja.

— Desculpa, vai! Desculpa! Tchau.

Clara foi embora sem olhar pra trás. Seria muito doloroso conviver com aquela dor. Com um buraco,

um vazio que não havia antes. Uma dor tão forte. Quando chegou em casa, abraçou a mãe e fez apenas um pedido.

— Mãe, não fala nada, não. Você já foi maravilhosa nessa história toda. Uma mãe incrível, uma mulher como poucas. Então, mãezinha, me deixa ficar quietinha, sozinha. Acabou tudo e dessa vez é pra valer. E tá doendo demais, mas vai passar, eu sei. Deixa estar.

Isa abraçou a filha, deu um beijo apertado na testa e pensou que sempre se iria lembrar daquela cara. A cara que se faz quando se perde algo importante.

— Qualquer coisa eu tô por aqui, tá, filhota? Sempre com você. Pode contar comigo. Mesmo.

Não foi nada fácil arrancar Luna de seu coração. Clara sofreu um bocado, até porque Luna ainda a procurou muitas vezes. Mas Clara resistiu bravamente. Se Luna tinha escolhido seu caminho, ela que ficasse nele. Aos poucos, Clara foi-se acostumando com aquele vazio. Aos poucos foi retomando o rumo da vida. Voltou a sair, a ir às festas, permitindo-se olhar outras pessoas.

Luna foi ficando como uma lembrança que desaprendeu a doer. Como todo amor. Intenso enquanto dura. Aquele foi intenso e veloz. Louco. Maravilhoso. Ia estar sempre em Clara, que agora tinha dúvidas quanto a sua sexualidade. Poucos amigos sabiam

disso. Mas por enquanto ela tinha apenas uma certeza. Que gostava de meninos e meninas. E com a chegada da primavera iria abrir seu coração para um novo amor. Agora era uma questão de sobreviver ao destino se Clara quisesse entendê-lo. E ela queria.

Já era noite quando Clara desceu para comer alguma coisa. Tinha ficado ali o dia inteiro, entre lembranças e memórias. Acabou telefonando pra mãe, e pedindo pra ela pegar a neta quando a Dorinha fosse embora. A empregada já estava preocupada com a demora de Clara, quando Isa ligou dizendo que ia pegar Ciça. Clara iria dormir no apartamento da avó. Ainda precisava entender tanta coisa. Estava muito inquieta pra voltar pra sua casa e ter que cuidar de Ciça. Naquele instante, Clara precisava de colo. Sua história vindo à tona de forma tão avassaladora estava deixando tudo à flor da pele. Exposto entre dores e alegrias. Mas agora as coisas ganhavam um novo olhar, uma nova forma de enxergar sua própria história. Só que faltava revisitar tanta coisa...

Clara comeu um sanduíche na lanchonete da esquina, tomou um suco e voltou pro apartamento. A noite trazia um tom sombrio para aquelas salas e quartos praticamente vazios. *Por que tudo isto está acontecendo?* Clara sentia uma sensação boa, mas ao mesmo tempo dolorosa. Como a descoberta que tinha feito tantos anos atrás, quando se viu apaixonada pela Luna. Mas reviver dores antigas estava mexendo demais nos sentimentos de uma mulher de trinta e cinco anos. Uma mulher independente, com vida própria, casa, trabalho, bem-sucedida na vida, mãe de uma filhinha linda.

Clara e Ciça moravam sozinhas. Ciça tinha um pai superpresente, o pai que Clara sempre desejara ter. Ciça adorava o pai e sentia-se muito amada, apesar de os pais nunca terem morado juntos. Ciça sabia que o pai estava sempre por perto quando ela precisava. Volta e meia Ciça dormia na casa do pai, sem dia definido.

Clara não gostava de misturar seus amores com sua filha, a não ser que fosse algo muito estável. Ela vivia suas histórias, namorava. Às vezes o amor durava muito tempo, às vezes era algo passageiro, mas era sempre amor enquanto durava. O tempo do amor era único, intenso, de vez em quando sofrido, veloz. Só que Clara aprendeu que mesmo estando com alguém o importante era ser feliz sozinha. Aprender a conviver com a solidão e a gostar de si mesma, pra poder gostar de alguém sem ficar cobrando coisas que não conseguimos ser ou fazer. Um amor é pra ser companheiro, pra trocar coisas da vida, conversas, viajar e ter prazer. Dividir alegrias e tristezas. Sempre com respeito pelo outro e por si mesma. Assim como seu atual amor, que Ciça conhece, curte e respeita. Um amor que chegou numa primavera e veio pra ficar por tantas outras.

Quando pensou nessa história, Clara lembrou-se novamente do passado. Da partida de Luna e da chegada de um novo amor naquela primavera. A mãe estava contente porque a filha tinha voltado a sorrir. Era um sábado à noite e ia haver festa na casa do Paulo, amigo do Beto.

— E aí, Clarinha, tá pronta?

— Tô quase, Beto. Só falta pegar minha jaqueta e colocar o sapato.

— Então eu vou te esperar lá embaixo. Vou ligando o carro, tá? — E virando-se pra mãe: — Tchau, mãezinha. Valeu por emprestar o carro. Você é ótima, sabia?

— Dirige direitinho, meu filho. Não vai beber, hein? Olha lá!

— Pode deixar, mãe, não se preocupe. Eu sou responsável.

Foi naquela festa que duas coisas aconteceram. Uma muito boa e outra muito ruim. Beto e Clara passaram na casa da Teca, uma amiga de Clara. Uma frequentava a casa da outra. Trocavam segredos. Teca sabia que Clara já tinha namorado uma menina e que sempre vivia dividida entre homens e mulheres.

Teca estava a fim de um amigo do Beto há um tempão. O Guga. E Clara armou tudo pra eles se conhecerem e ficarem juntos naquela festa. A mesma em que Clara descobriu que Teca não era sua amiga coisa nenhuma. Tinha ficado amiga só por interesse. Quando conseguiu o que queria, ignorou Clara, justamente num momento tão delicado. Clara estava no maior dilema e precisava de ajuda.

— Oi, Teca. Oi, Guga. Desculpa interromper o lance de vocês, mas dava pra eu falar com você rapidinho, Teca?

— Ah, Clara! Depois a gente se fala.

— Por favor, Teca. É importante!

— Tá legal. Espera só um pouquinho, Guga.

E as duas se afastaram.

— O que foi, Clara? Que saco! Você sabe que eu tô esperando esse momento há um tempão e agora vem interromper.

— Pô, Teca. Deixa de ser egoísta e me ajuda. Eu não sei o que eu faço. A Tita tá aí e eu sei que ela é que nem eu. Ela não para de me olhar, mas nessa festa cheia de gente não dá pra se expor. O que eu faço?

— Eu não acredito, Clara, que você veio interromper meu namoro com o Guga pra falar da Tita? Me poupe das suas historinhas homossexuais, tá legal!

E para de me procurar pra falar dessas coisas que eu acho isso um saco.

Virou as costas e foi encontrar Guga outra vez. Clara ficou de boca aberta. Não entendeu nada. Que amiga era aquela que a deixava na mão de um jeito tão estúpido? Clara sempre achou que amigo de verdade é aquele que fica perto nas horas difíceis. Teca não precisava largar o Guga, apenas dar uma força, um toque, uma ajuda. Além do mais, ela falou aquilo superalto, alguém poderia ter escutado e ficaria muito complicado se a turma toda soubesse dessas histórias. *Que ingrata, a Teca!* Clara saiu andando em direção ao jardim, quando percebeu que tinha alguém indo atrás dela.

— Ei, Clara. Espera.

— Oi, Tita.

— Eu escutei o que a Teca falou. Eu tava passando por perto. Não fica assim, não. E nem se preocupa, porque só eu ouvi. Não tinha mais ninguém ali. Além do mais, não vale a pena sofrer por uma pessoa que não merece a nossa amizade.

— Poxa, Tita! É horrível se decepcionar assim. Eu tava pedindo um conselho pra uma pessoa que eu julgava ser minha amiga e logo quando eu precisei ela me virou as costas.

— Bem, se eu puder ajudar, estou às ordens.

— Acho que vai ser meio complicado. A não ser que você não seja preconceituosa. Bem, agora já era. Você já sabe mesmo.

— Clara, você sabe que eu compartilho esses sentimentos com você. Os semelhantes se reconhecem. Eu desconfiava, pelos olhares, mas tinha medo de conversar. Sei lá. A gente tem sempre que ter cuidado com quem a gente se abre. Às vezes algumas pessoas ficam nos testando e depois sacaneiam. Feito a Teca. Você tem que tomar cuidado com ela.

— Eu sei, Tita. Mas é tão complicado conviver com esses sentimentos numa sociedade tão preconceituosa... Por que as pessoas não podem respeitar os desejos dos outros, as diferenças?

— Não sei, Clara. Eu adoraria viver num mundo assim, mas a realidade é outra. E temos que aprender a conviver com ela.

As duas se olharam com um olhar de cumplicidade. Queriam se abraçar bem forte, beijar, mas ali era impossível. Isso é a parte mais chata de namorar alguém do mesmo sexo. Não poder beijar na hora que se tem vontade, não poder andar abraçada pela rua ou ficar junto numa festa. Mesmo assim, Tita e Clara entenderam o recado. A leitura do olhar. O beijo do olhar. Passaram o resto da noite conversando. Sobre desejos, experiências, viagens. As duas tinham a mesma visão sobre amizade, que nem sempre amigo é aquele que está do nosso lado, mas aquele que está com a gente no sentimento, mesmo distante fisicamente. Clara tinha muitos amigos assim. Que moravam longe, mas que quando se viam ou escreviam era pra valer, era sincero.

Clara e Tita eram tão parecidas, gostavam das mesmas coisas, das mesmas músicas, livros. Naquela festa não rolou nada mais do que conversa e uma esperança solta no ar. Uma nova possibilidade. Clara e Beto voltaram pra casa e encontraram um bilhete da mãe. Olharam-se assustados. O que poderia ter acontecido?

> Oi, filhos queridos
>
> Não se preocupem comigo. Não vou dormir em casa. Pela primeira vez em tantos anos me permiti amar pra valer, correr riscos e me entregar. Pode parecer loucura, mas a mãe de vocês está apaixonada. E feliz. Logo que der, vocês vão conhecer o João. Ele é maravilhoso. É escritor, professor universitário, astrônomo. Depois conto melhor. Torçam por mim.
>
> Da mãe que sempre respeitou as vontades de vocês,
>
> Isa

— Uau, Beto! Finalmente a mamãe teve coragem de assumir esse romance.

— Que romance, Clara?

— Nossa! Como vocês, homens, são burros. Será que você não percebeu que a mamãe anda com cara de apaixonada há alguns meses?

— Não, Clara. Juro que não. Mas fico feliz. A mãe tá sozinha há anos. O pai já teve umas namoradas, que eu sei.

— Ah, Beto. O pai é um bobalhão. Ele nunca se deu conta da mulher maravilhosa que tinha ao lado dele. Eu pessoalmente fico feliz por ela estar namorando, trabalhando e dançando. Finalmente assumindo seu lugar no mundo. Mas agora eu vou dormir, porque eu tô exausta.

— E, pelo visto, feliz. Tá com uma cara boa. Mas eu não te vi com ninguém. Aliás, eu nem te vi na festa.

— Também pudera, né? Você não parou de beijar a Carol um minuto. Não dava pra olhar nada.

— Não enche, vai!

— Tá bom, irmãozinho. Amanhã a gente conversa com calma.

Clara foi dormir pensando em Tita. Uma nova história. Um novo amor que chegava junto com a primavera. Como era bom o clima de azaração, de sedução. Teve vontade de ligar, mas ficou com medo de acordar alguém na casa da Tita.

Enfim, depois daí tudo se transformou. A mãe com namorado. Beto namorando Carol. Clara namorando

Tita. Só a mãe sabia. Dessa vez ela ia se preservar e queria segredo. Inúmeras vezes, Clara teve vontade de contar pro irmão, mas tinha muito medo da reação dele quando soubesse que sua irmãzinha querida tinha uma namorada. E era tão diferente amar uma mulher. Existia uma amizade, uma cumplicidade, uma troca intensa. Não era melhor nem pior do que amar um homem. Era diferente. Não dava pra comparar. O romance com Tita foi maravilhoso. Durou mais de um ano. A mãe sempre presente, conversando com as duas, protegendo. Já que essa era uma opção da filha, só restava apoiar e ajudar. Quem era ela pra dizer que era errado? Isa sabia que não tinha esse direito. Por isso era tão amiga. Se queria ser respeitada, tinha que dar o exemplo. Até porque ela sabia que todo amor é singular. Cada um com seu jeito e seu modo. Com canções, momentos, textos, fotos, experiências. Que os filhos tivessem asas pra voar e ir em busca de seus sonhos. Assim como ela tinha ido em busca da bailarina adormecida. Pronta pra vir à tona e voltar a ser feliz.

Clara e Tita só se separaram porque Tita ganhou uma bolsa de estudos em uma universidade na França. Ela ficou muito dividida. Ia ou não ia. E se Clara fosse com ela? Mas Clara não podia, estava terminando uns cursos. Não queria interromper. Conversaram muito na época. Viram que se uma ou outra abrisse mão de seus sonhos mais profundos não seriam felizes. A vida é assim mesmo. Feita de momentos. Nada é pra sempre. Tudo se transforma. Tita e Clara sofreram, é claro. Mas mantiveram-se ligadas por cartas, fotos e por uma grande amizade.

Nisso, disparou o alarme de um carro na rua. Clara despertou do passado e voltou rapidamente ao apartamento da avó. Ao momento presente. E ouviu um barulho na porta da frente. Clara correu até a sala e olhou o relógio. Onze e tanto da noite. Olhou a porta e viu o pai. O coração acelerou. Os dois ficaram em silêncio. O pai com os olhos cheios de água.

Pela primeira vez, Clara via o pai chorar. Pela primeira vez teve coragem de abraçar o pai. Ela não disse uma só palavra. De início ele ficou meio duro, mas acabou retribuindo. Um abraço longo, apertado, tentando resgatar tantos anos perdidos.

— Oh, pai! Precisava demorar tanto tempo?

— Pra que, minha filha?

— Pra você me abraçar. Pra você dizer que gosta de mim.

— Mas eu sempre te amei, Clarinha.

— Então, por que nunca falou?

— Acho que nunca fui bom nisso. Mas agora, com a morte da mamãe, tudo está diferente. Tô com sentimento de culpa por nunca ter agradecido tudo que ela fez por mim, por você e por seu irmão. Agora ela se foi e estou me sentindo sozinho. Por isso resolvi mudar pra um apartamento menor. Mas venho aqui todos os dias e o vazio dentro de mim está muito grande.

— É, pai, sentir culpa é muito ruim mesmo. Mas agora já era, né? Pelo menos você podia não repetir esse erro com os que ainda estão vivos. Ainda dá tempo de mudar.

O pai ficou quieto, pensativo. O clima estava um pouco tenso, a conversa esquentando. Clara olhava o pai e sentia-se aliviada por estar conseguindo falar tudo o que queria.

— Desde que horas você está aqui?

— Desde bem cedo. Umas oito e pouco da manhã talvez. Estou aqui grudada, não consigo ir embora. Estou revendo meu passado. Tantas histórias estão voltando e me fazendo compreender coisas antigas.

— Falando em coisas antigas, eu ontem achei uns álbuns de fotografia da época do casamento da sua avó. Fotos minhas de pequeno. Sabe que você é a cara da sua avó quando ela era jovem? Tão lindas. Tão cheias de energia e de coragem. As duas. Tão parecidas. Batalhadoras. Tenho muito orgulho de ser seu pai.

Clara chorava. As lágrimas escorriam rosto abaixo. Era muita emoção pra um só dia. Por essa ela não esperava mesmo. A cena era completamente inédita.

— Oh, pai! Por que você deixou tantos gestos de afeto suspensos por esses anos todos? Por que você fez isso?

— Ninguém me ensinou que podia ser diferente. Então eu chorava por dentro. Como se eu estivesse de olhos fechados. Eu não conhecia outro jeito de te amar. Você pode me ensinar?

— Não sei, pai. Você precisa querer. Um dia, ainda vamos conversar melhor sobre nossos sentimentos. Não quero falar ainda. Deixa o tempo passar e trazer o destino. Ele sempre traz, pai. Mas agora eu quero ver as tais fotos. Me mostra.

Então, os dois foram remexer nas fotos. E não é que era verdade? Clara era a cara da avó. Que fotos maravilhosas. Amareladas pelo tempo. Guardadas por anos a fio. Cheias de histórias. Que saudade da avó, que mesmo não compreendendo algumas brincadeiras da neta dizia uma frase que ficou guardada na memória: "Coisas que parecem perdidas podem ser totalmente consertadas. Não há regras a seguir. Tem que seguir o instinto e ser corajosa".

É claro, era essa a questão. Clara precisava refazer sua história, montar um antigo quebra-cabeça que nunca conseguia terminar. Era chegada a hora.

De encaixar peças perdidas. De ter algumas conversas. Com Beto, com o pai. Mas não ali. Antes queria reler umas cartas antigas. Costurar todo o bordado de sua vida. Faltava entender alguns detalhes invisíveis aos olhos do mundo, mas transparentes na alma de Clara. As cartas. Ela precisava ler. Só depois teria as tais conversas. Finalmente Clara estava aceitando todo o seu jeito de ser e não se sentindo mal por ser tão dividida entre o masculino e o feminino. Estava tão bonito se ver adulta, descobrindo as suas cicatrizes e as do outro, as imperfeições, e ao mesmo tempo a enorme vontade de lutar, de crescer sempre mais. E com coragem. Clara levantou tão de repente que o pai até se assustou.

— Tchau, pai. Preciso ir pra casa. Amanhã a gente se fala melhor. Temos muito que conversar. Mas agora não posso. E eu vou levar o sofá-cama e a cristaleira pra minha casa, tá bem?

Ao chegar em casa, Clara foi direto pro seu quarto. Que bom que Ciça estava na casa da avó. Só assim, poderia passar a noite lendo tudo o que queria. Montando o tal quebra-cabeça da sua história. Ligou o som, colocou um CD e pegou a antiga caixa de madeira recheada de cartas e fotos de amigos e de antigos amores. Respirou fundo e começou a ler aleatoriamente. A primeira que pegou foi da Maria. Uma amiga que um dia foi ganhar o mundo.

Outubro, Munique

Clara querida,

tão linda que me fez chorar no meio da praça. Meus olhos que aqui raramente se umedecem, quase transbordaram lendo sua carta. Ganhei uma amiga que nunca perdi. Presente de Natal. Da nossa infância guardo até os cheiros. Cheiro de bolo, cheiro de sauna. Guardo também as cenas. Você chamando a Dirce pelo "interfone" do seu quarto, a caixinha que você nunca me deixou ver o que tinha dentro, os brinquedos, uma briga, suas camisolas do Amor Perfeito e, claro, as antigas brasílias bege e azul da sua mãe abarrotadas de crianças no banco de trás.

Saudades suas. Tanta coisa pra contar. Estou bem. Os amigos dizem que nunca estive melhor. Nesses quase dois anos de Europa, autoexílio como costumo dizer, me desfiz completamente. Sofri. Cheguei ao fundo do poço. Então recomecei a viver. Amo a vida. E tenho aprendido a entender melhor o ser humano. Em especial a minha mãe. Aqui de longe aprendi a vê-la como mulher. Hoje me orgulho de ser sua filha. De ter herdado seus olhos e sua boca. Vejo em meu rosto seus traços e não nego mais seus hábitos. Como suas xícaras diárias de café, que aqui as tomo com o mesmo gosto. Espero poder passar um mês de férias no Rio. Se tudo der certo, final de maio chego por aí pra matar as saudades.

Um beijo enorme da Maria

E Clara pensou: *Que engraçado a Maria lembrar essas coisas. Ela guarda os cheiros. Nunca tinha pensado nisso antes. Mas gostei. Porque até hoje sinto o cheiro dos bolos que sua avó fazia aos domingos. Dava até pena comer. Eram tão lindos, cheios de recheio e cobertura.*

E a briga, hein? Tinha até esquecido. Ficamos sem nos falar só porque eu queria que ela fosse dormir na minha casa e ela queria que eu fosse pra dela. Ninguém quis ceder. Ficou uma ligando pra outra ao mesmo tempo. Os telefones só deram ocupado. No dia seguinte quando a gente se encontrou foi briga na certa. Ainda mais aos sete anos. E a caixinha? Meu Deus! A caixinha! Maria lembrava. Era uma caixinha de papelão cheia de flores miudinhas. Pequena. Lá dentro eu guardava beijos. Colecionava todos os beijos que eu queria. Beijos que meu pai não me dava. Beijos da Cláudia, que partiu. Do Nando, da Tita. Beijos da Dirce quando eu chorava de medo no meio da noite. E, é claro, os beijos da mamãe e do Beto. Os beijos que não pude dar na Luna depois que decidi ficar sem ela. E tantos outros. Cada vez que eu precisava era só abrir minha caixa de beijos e me sentir beijada por quem eu desejasse. E nunca mostrei pra ninguém. Nem pra Maria.

O interfone é que era o máximo. Na verdade, era a tomada do meu quarto que tinha ligação com a cozinha. Eu chamava a Dirce pra pedir qualquer coisa, porque dava pra ela escutar na cozinha se eu chegasse com a boca bem perto da tomada. Um dia, fui pedir o meu almoço, só que eu ainda estava molhada do banho e levei um choque horrível. O pior é que foi na boca, e quase fiquei grudada na tomada. Hoje a Dirce não trabalha mais na mamãe. Também não tem mais a Maria, que foi pra Alemanha terminar os estudos. Sinto muita falta dela. Mas acho que quando ela voltar vai continuar tudo como era antes. Amigas de verdade. Mesmo que a gente não se veja todos os dias como a gente fazia quando era criança. Acho que de tanto crescer junto aprendi a entender os pensamentos e as vontades da Maria. Basta olhar pra ela que sei como ela está. Diferente da Teca, que um dia eu julguei ser minha amiga, mas que acabou se mostrando uma interesseira.

Depois pegou uma carta da Laura. Amiga querida que tinha ficado anos sem ver. Estudaram juntas quando pequenas e só se reencontraram anos mais tarde em São Paulo.

São Paulo, ainda inverno

Clara, você não imagina o tanto que fiquei contente quando recebi sua carta. Mesmo porque meus dedos já coçavam pra te escrever. Descobri que você é uma das amigas mais lindas que tenho, e como pude ter sido tão ansiosa de não ter percebido isso antes. Acho que muitas vezes me ligo a pessoas que se dizem ser minhas amigas, mas que não são. Só são por interesse. Mas você é diferente. Talvez essas coisas aconteçam por eu sempre olhar pra todas as direções ao mesmo tempo e nunca me dar tempo de olhar pra dentro. Agora que olhei, encontrei tristeza e vi que tenho de enfrentar essa dor. Não dá pra fazer de conta que a tristeza não existe. Ela existe, é real e tá difícil de aguentar. A dor que sinto lá dentro é tão incontrolável frente à minha racionalidade que ando desaguando pelos cantos da casa. Sei que é fase, que vai passar. Porque sou guerreira e, antes de mais nada, exemplo de sobrevivente. Já sobrevivi a tantas. Um dia te conto. Aliás, eu tenho muita coisa pra te contar.

Clara, que bom ser sua amiga. Obrigada pelo carinho de me escrever tão lindamente. Não vamos deixar interromper este fio condutor desta nossa vontade de estarmos sempre por perto. Seja na mente, no coração ou nos pedaços de papel tentando explicar emoções.

Beijos, beijos, da Laura

Depois foi a vez da tia Rô.

Dezembro, Califórnia

Queridos sobrinhos

Fiquei chateada pela separação dos seus pais. Mas vai ver foi melhor assim, já que eles não se amam mais. Daqui a pouco tudo volta ao normal. Quer dizer, a um novo normal. Sabem, Clara e Beto, as coisas se transformam e isso não é bom nem mau. Faz parte da vida. Tenho certeza de que vocês e Isa vão encontrar ainda muitas surpresas felizes pela frente. Daqui de longe estou torcendo por esse começo de vida nova. Confiando na coragem e na capacidade de vocês para inventarem uma nova história.

Com carinho, da tia Rô

E depois veio o Alan, um namorado da escola. Clara sentiu saudade daquele tempo. Tudo era tão diferente. Realmente ela percebia que amigo nem sempre é aquele que anda ao lado, mas aquele com quem se compartilham dores e alegrias, mesmo estando longe. Sempre que precisamos, essa pessoa está por perto. Basta uma carta ou um telefonema. Hoje em dia ainda está mais fácil com *e-mail*.

Japão, março

Clara, logo que recebi sua carta fiquei com muita raiva de você. Eu mal tinha ido embora do Brasil e você rapidinho me trocou por um cara qualquer. Terminei de ler a carta aos gritos. Tive vontade de ir praí brigar com você. Mas não dava. Eu estava no extremo oposto. E pior. Morando de vez no Japão. Sem data pra voltar. Aí fui conversar com minha irmã mais velha e ela disse que eu não podia te cobrar nada. Afinal de contas, eu é quem tinha deixado você pra ir morar em outro país. Custei a querer aceitar essa ideia, mas acabei tendo que dar razão à minha irmã. Você e eu somos muito jovens, temos um mundo enorme pela frente. Não tenho o direito de te pedir nada. Apenas que você não deixe de me escrever nunca. Vou estar sempre por perto. Vou sempre me lembrar da menina que me deu um beijo dentro da piscina num passeio da escola. Foi o último dia que a gente se viu. Lembra? Você veio deitada no meu colo no banco do ônibus. Superlinda. Não vou me esquecer nunca. Pra valer.

Um beijo enorme, Alan

De repente, lá estava Tita, tão querida, tão amiga. Parte da sua história. Um amor daqueles que ficam pra sempre tatuados no lado de dentro.

França, setembro

Clara, você é pra mim a melhor experiência de amizade e de conhecimento. Sempre que penso em coisas bonitas, penso muito forte em você. E isso me fortalece. Sei que posso partilhar com você o que estou pensando, pois sei que é como eu, no sentido de viver e buscar sempre.

Estou com saudades do Brasil e dos amigos. Mas é uma saudade gostosa, sem dor, com prazer. Porque um dia eu sei que vou voltar e encontrar os amigos que deixei e que estão presentes nas palavras que chegam por aqui. Pessoas que não me esqueceram só porque eu mudei de país. Amigos que superaram a distância. Assim como você.

Com amor, Tita

E lá estava Maria novamente.

Ainda em Munique

Clara, saudades suas. Desculpa a falta de cartas, mas o corre-corre da minha vidinha me tira a inspiração. Carta pra mãe, pra avó, pra irmã é quase obrigação. Mas carta pra amiga é só inspiração e saudade.

Munique está o máximo! Ontem foi feriado e passei o dia todo indo de bicicleta de um lago pro outro. Pensei na gente aprendendo a andar de bicicleta. Minha mãe correndo atrás pela rua, lembra?

Tá fazendo um ano que estive aí de férias e a saudade vai tomando conta de mim. Se escuto alguma música que me faz ver o Rio, meus olhos se enchem de água. Tô planejando minha volta pro mês de setembro. E de coração, sei que a vida aí anda bem complicada, e voltar pode ser mais difícil do que foi chegar aqui há dois anos. Fico com receio pela insegurança geral do Rio. Assaltos, mortes. Vai ser duro conviver com tudo isso fazendo parte do dia a dia. Mas vou conseguir. Afinal de contas, eu nasci no Rio.

Pra você um superaniversário.

Festeje a valer!

Com muito amor!

Beijos da amiga Maria

Essas cartas todas confirmaram antigas dúvidas de Clara. A vida é feita de momentos. Isso agora era

pura certeza. Amigo de verdade não tem tempo nem lugar marcado. Briga, discorda, mas está sempre por perto nos momentos difíceis. Entende o outro lá no fundo. Depois Clara pegou uma foto da família reunida. Ela ainda menina, Beto com uns oito anos talvez. O pai e a mãe abraçados. Naquela época, Clara nem imaginava tudo que viria a acontecer na sua vida.

Dúvidas que tinha quando menina e quando adolescente não a deixavam mais inquieta. Ela não queria mais ser menino, adorava ser mulher e viver intensamente. Mulheres são sempre guerreiras. Mães. Ou não. Mas cheias de instinto. De vida. Clara agora entendia muito bem o que era a antiga divisão entre o masculino e o feminino. O pai e a mãe. Tinha os dois dentro de si. Cada um no seu lugar. Um não ocupava o lugar do outro. E Clara aprendeu a respeitar as limitações do pai, que recentemente teve seu primeiro impulso de mudar, de se abrir. Quem sabe ele conseguisse. Nunca é tarde demais pra mudanças. E a mãe. Tão linda. Tão amiga. Uma mulher que se encontrou, que amadureceu. Com dignidade buscou sonhos adormecidos.

Que força maravilhosa tinha essa mãe! Como ela queria agradecer pelo respeito que a mãe tinha por ela, que a ajudou a ser uma pessoa mais feliz! Tão diferente da mãe de algumas meninas que tinham de mentir. A Tita é que sofria. A mãe dela não podia nem sonhar que ela namorava meninas. Tudo tinha de ser escondido. Ela fazia tudo preocupada, com medo de que a mãe descobrisse. As duas viviam tendo de inventar desculpas pra Tita dar aos pais. Isso não podia ser uma relação sadia. Ter de mentir o tempo todo pra poder ser feliz.

O pior é que a mãe da Tita achava Isa muito despreocupada. Clara e a mãe se viam muito menos do que Tita e a mãe, mas quando estavam juntas era pra valer. Amizade verdadeira. Conversavam sobre tudo. Isa sempre tão companheira e com alguma coisa pra contar. E era muito bom pra Clara saber que a mãe também tinha uma história. Com ela, Clara aprendeu a enfrentar sozinha os seus problemas, e percebeu que só vivendo é que iria aprender a encontrar as respostas pras suas perguntas, que experiência não se transmite. Vive-se ou não. Isa era diferente das outras mães, que viam os filhos o tempo todo por não trabalharem fora, mas que eram distantes. Não conheciam os filhos realmente.

Nesse momento, Clara teve vontade de escrever pro pai e pra mãe. Ela não queria ser injusta. O pai tinha ensinado muita coisa. Ele nunca tomava partido em nada, e fazia a filha pensar nos prós e contras de cada situação da vida. Isso tinha levado Clara a aprender a tomar suas próprias decisões diante das dificuldades e arcar com as consequências. Ele não dava opinião por medo de se responsabilizar, mas isso ajudou Clara a ser menos medrosa pra enfrentar o novo e o desconhecido. Ela e Beto sempre tiveram de decidir o que queriam fazer. E aprenderam que, na vida, tudo tem um lado bom e um lado ruim. Os tais prós e contras do pai.

Clara pegou papel e caneta, mas lembrou-se de duas antigas cartas que tinha escrito pros pais alguns anos atrás, quando ainda fazia terapia. Ali estavam. Leu as cartas com calma e resolveu então que mostraria a eles. Só precisava fazer algumas modificações. Umas adaptações pro momento atual. Clara leu e releu inúmeras vezes aquelas palavras. Tanta coisa se tinha transformado em sua vida desde a época em que tudo aquilo fora escrito. Ela ainda não tinha vivido sua história com Luna, nem com Tita. Ciça não havia nascido.

A vida não era mais a mesma. Havia algumas cicatrizes. Só ela sabia como tinha sido ruim ter de esconder seus amores por meninas, suas experiências. Ter de trocar pronomes. Às vezes sofrer sozinha. Principalmente quando viveu sua experiência com Luna. A força do primeiro amor feminino. O conflito. Os medos. As inseguranças. *E agora, o que sou eu?*, questionava-se. Atualmente nada mais relativo a esse assunto deixava Clara insegura. Afinal, hoje ela era uma mulher mais velha, com outra visão do mundo.

Com uma filhinha linda. Com um novo amor. Realmente era chegada a hora de acertar as contas com seu passado.

Pegou papel e caneta e começou a reescrever as cartas. Naquela noite, o tempo estava lento. Parecia que as horas não passavam. Tanta coisa tinha sido revivida num mesmo dia. Tantos anos. Agora não dava mais pra esperar. Era hora de acertar os ponteiros com o pai, a mãe e o irmão. Precisava de uma coragem que nem ela sabia de onde iria tirar. Tudo estava completamente à flor da pele quando começou a escrever:

Pro meu pai:

Fala, paizão! Quem diria, hein? A gente conversando em plena madrugada. Numa carta. Uma história de um pai que eu achava que não tinha tido. Acho que esta é a versão masculina da carta da mãe, com algumas diferenças. A principal delas é um segredo que escondi de você por tantos anos, e que só a mamãe sabe. Mas deixa isso pra daqui a pouco.

Meu grande desespero era achar que você não gostava de mim, que não ligava pra mim, e por isso não me punha no colo. Raramente me abraçava ou beijava com aquele carinho que eu achava que pai devia ter. Chorei noites inteiras com vontade de que você viesse me colocar no colo, e nada. Te venerei, te idolatrei. Meu pai inteligente, que sabe das coisas. Só que não via o quanto inseguro você é em relação às suas emoções. Que engraçado! Eu destruí esse mito e converso com você de igual pra igual.

Eu te obedecia, porque tinha medo de levar bronca e ficar sozinha. Hoje aprendi a ficar sozinha. Aprendi que posso ter você muito perto de mim. Aliás, você sempre esteve. Ainda há pouco te vi chorar. Sua primeira reação de pedir ajuda. Tão lindo você me dizer que não conhecia outro jeito de me amar. A cada dia que passa me surpreendo com você. Aquele papo da gente outro dia lá na sala, depois no corredor, em pé, bolsa e tênis na mão. Foi demais, pai. Que vontade que tive de te abraçar forte! Pensei: na próxima vez vai. Hoje eu consegui. E como foi bom sentir o calor do seu corpo, o seu cheiro de pai. Como é fantástico saber que você me ama. Que você também me respeitou e me deu forças pra eu fazer o que queria. Mesmo separado da mãe e morando com a vovó, ao seu modo, você esteve presente. Vinha primeiro com aquela ladainha toda, explicando os prós e contras, mostrando todos os caminhos e chances possíveis que eu teria pela frente. Mas me deixava ir e escolher sozinha, me apoiando nos diferentes momentos da minha vida. Que legal ver você me falando que hoje eu já não sou uma menina e me vendo como mulher. Com orgulho dessa mulher. Que bom foi poder te dizer que seu abraço me faz falta, que seu jeito de ser me fez chorar quando pequena. Bom poder te dizer que nunca é tarde demais para mudar o rumo da nossa história. Sabe que eu sempre quis ser igual a você? Meu racional é você direto e eu te falei isso outro dia, lembra? O meu problema com você não é mais a falta da sua presença, e sim nós dois reavaliarmos nossa relação e transformarmos tudo. Como você disse ainda há pouco: me ensina? Se você quiser, pai. Se você puder me aceitar como eu realmente sou, poderemos ser grandes amigos. Se você retirar essa barreira, essa defesa, esse medo de ser tocado, aí sim, poderemos ter uma relação mais verdadeira.

Mas, mesmo assim, valeu ter me respeitado e me mostrado os diferentes caminhos sem nunca me obrigar a escolher o que você achava melhor. Valeu ter me deixado viver como eu quis, sendo do meu jeito e sempre me dando força, espaço e instrumentos pra ir em frente. Te curto demais. Você é inteligente à beça, e me ensinou a ser também, a lutar pelo que acredito e a ter forças pra ir em frente. Vivendo e aprendendo. Acho demais você aceitar minhas diferenças, meus desejos.

Nossa, pai! Só agora estou me dando conta de que você respeita minhas diferenças e nunca te contei a maior delas. Será que tenho coragem? Acho que sim. Mas vamos lá: eu também amo mulheres, pai. Já vivi algumas histórias e fui muito feliz. Nunca te contei. Tive medo. Hoje quero te contar. Sinto necessidade. Sei que esta sociedade hipócrita ainda recrimina esse tipo de relação. E você me conhece bem, sabe que eu odeio rótulos, guetos ou radicalismos. Quero ser o que me dá felicidade, seja lá o que isso for. Quero viver e ser feliz. Mesmo com todas as dificuldades que a vida traz. Hoje estou bem. Tenho um amor que é só meu. Não interessa a ninguém. Só a mim e a Ciça, sua neta. A propósito, como a Ciça mudou seu comportamento, hein, seu Alexandre?

Tomara que a partir de agora eu consiga ter você mais e mais perto de mim. Que você também consiga respeitar essas minhas histórias. Mamãe sabe. Ela é, e tem sido, há muitos anos, maravilhosa. Preciso dizer que te amo, pai. Eu nunca disse antes. Agora eu digo: eu te amo. É isso, pai! Ainda bem que descobri que você e a mamãe foram um baratão. Eu é que queria que fosse diferente. Mas pude realizar essa diferença quando eu brincava de boneca horas a fio, inventando, sonhando, lendo. Aprendi tanta coisa. Você me ensinou a nunca ter medo do desconhecido e saber aguentar as consequências dos meus atos. Viver a dor, saber levantar a cabeça e recomeçar sempre, ultrapassando todas as barreiras e obstáculos da vida.

Valeu, pai. Te amo pra valer. Acho que no fundo a gente sabe disso, só que nunca verbalizamos. Será que precisa? Acho que sim. Vamos parar de usar nosso racional que é tão forte e viver as emoções. Eu aprendi a fazer isso. E espero por você numa próxima conversa, num próximo abraço, no olho no olho e na aceitação do outro como ele realmente é.

Um beijão. Do fundo do fundo do meu porão de ser.
Sua filha, sua amiga,
Clara

Oi, mãezinha.
Começo com muita di-
ficuldade em te dizer aqui
o que nunca tive
coragem.

Fala, paizão! Vumm
dizia, hein!? A gente
conversando em plena
madrugada. Numa
carta.

apto - 53

to choose
it. - K

SAO

Nossa! Como era enorme o cansaço de Clara ao terminar de escrever essa carta. Mas ela não conseguia parar. Emendou direto na carta da mãe.

Oi, mãezinha!

Começo com certa dificuldade em te dizer aquilo que nunca tive coragem. Não sei bem o que dizer, tanta coisa já mudou. Acho que quando eu era pequena, eu matava pai ou mãe na minha brincadeira. Ou você ou o papai saíam da dança, ou os dois de uma vez. Como se eu não quisesse ninguém me controlando, ninguém me dizendo o que eu tinha ou não pra fazer. Até que vocês se separaram e tudo virou de perna pro ar. Meu mundo desabou. Por um lado me vi enfraquecida. Meus conceitos de pai e mãe desmoronaram, mas por outro lado eu te vi crescer a cada dia que passava. Acompanhando o ritmo da vida. As mudanças. As minhas, as suas, as do Beto, que tanto sofreu com a separação.

Hoje eu consigo olhar pra trás e ver que você realmente me deixou experimentar as coisas que quis. Ah, mãe! É tanta coisa, né? Essa história de ser mulher, ser forte, ser a grande mãe que gera a terra fecundada, aquela que semeia, que cultiva, que molha. É tão bonito compreender todo esse simbolismo. Toda a espera da mãe que gera filhos. Um dia vou fazer os meus. Hoje já tenho a Ciça. E certamente trago comigo esse aprendizado que você me passou: saber ter paciência, saber ouvir, saber esperar o tempo certo das coisas.

Quando eu era pequena, eu achava você uma chata, porque você não era uma mãe tipo moderninha ou liberal. Mas depois que você e o pai se separaram tudo mudou. Você se transformou. Foi em busca da bailarina adormecida. Da dança que ainda insistia em dançar no seu interior. Tão linda essa mãe que encontrou um novo amor... no tempo certo pra você. E que respeitou os meus amores. Te amo demais, mãezinha querida. Você passou uma segurança e uma confiança. Sempre do meu lado em todos os momentos da minha vida. Você vivia me perguntando como uma mãe tão boba e burra podia ter criado filhos inteligentes. Se você fosse isso, não teria criado esses filhos com tanta força, né dona Isa? Pensa só! Você é muito forte. Acredite.

Eu acho que parte da insegurança que me acompanhou desde a infância é parecida com a sua. Medo de si mesma, de falar o que pensa, o que acha, de se achar sempre feia e inferior aos outros. Que nada, mãe. Somos mulheres de coragem. De lutar pelos nossos sonhos, sem medo de sermos felizes. O pai com aquele medo todo é que te deixava insegura. Esse medo já não existe mais, mãe. Acabou essa história de criar os filhos. Eles estão no mundo. Lugar que lhes é devido pra irem em busca daquilo que é deles. Agora é sua vez. Ainda bem que você finalmente resolveu assumir seu romance com o João. Você foi em busca do que é seu. Do que vem de dentro de você. Da sua felicidade, que há muito você havia esquecido.

Hoje em dia eu adoro ser mulher. É tão bom te ter como a minha melhor amiga, que me ouve, que aprende comigo. É uma troca de mulher pra mulher. Continue indo em frente, vencendo cada vez mais as barreiras que ainda existem. Você me ensinou a vencer tantas, né? Graças às minhas brincadeiras (que sempre foram respeitadas), eu resolvi um bando de coisas. Eu me permitia ser menino, não ter família, ser presa pela bruxa e aprender a fugir e salvar a princesa. Lembra quando eu era a líder das meninas e comandava o grupo na segunda série? Eles morriam de medo de mim. Que máximo, mãe! Tô descobrindo que eu era forte e não uma boboca. Nunca tinha percebido isso. Que onda, né? Tudo por debaixo dos panos da vida. A gente vai vivendo e entendendo esse destino. Adoro brincar de visitar o passado como fiz hoje o dia inteiro. Tecer o passado no presente e no futuro. É tudo uma mesma teia. Legal sacar isto agora. Esse tempo é mesmo mágico, hein, mãe? Valeu me ensinar a ter paciência. Deve ter dado trabalho. Você vivia me dizendo que eu era superlevada.

Ainda bem que você me deixou brincar. Respeitou meu tempo, meu desejo, minha vontade. Se eu soubesse isso desde pequena a coisa teria sido diferente. Mas foi assim. O possível. O legal é ver que foi, e ir em frente. Continuando a tecer os tempos, as histórias, a vida. Com a nossa família, por mais diferente que ela pareça.

Eu chorava com medo do mundo acabar, mas você estava tão ali. Com seu abraço ou me deixando viver

sozinha a dor e o sofrimento. Ah, mãe! Os anos vão tornando as coisas mais claras e gostosas de viver. Que bom, né?!

Mãezinha, quero te ver sempre com essa garra de lutar pra ser feliz. Com o João ou sozinha. Te quero linda. Mulher. A grande mulher que você é. Sabendo que não era porque eu gostava de jogar bola e brincar de carrinho ou botão que eu não me tornaria uma mulher. Ainda bem que você me aceitou como sou e me deixou viver o que eu quis. Hoje tudo é mais claro, minha amiga. Minha mãe, que me mostrou o limite das coisas, dos momentos.

Amiga que sempre me deixou ter raiva da falta de carinho do pai, porque até você reclamava, né? Amo muito você, mãe. O tempo me ensinou isso. Ele é companheirão, né? O tempo e o vento soprando gerações e histórias. A minha com você é essa. Um grande beijo pra você mulher. Mãe querida.

Sua filha, sempre com você,
Clara

Clara não sabia mais o que era escrito do passado ou do presente. As falas se misturavam num mesmo parágrafo. De uma frase pra outra ela brincava com o tempo, como fazia quando era uma menina. Ao terminar de escrever, Clara jogou-se na cama. Exausta. Não viu mais nada. Nem papéis, nem caneta, nem fotos ou cartas. Apagou num sono profundo. O dia tinha sido longo. Agitado. Bem como os sonhos daquela noite. Beto apareceu várias vezes no sonho da irmã. Aparecia e sumia. Voltava, tentava falar alguma coisa, mas não conseguia.

Clara acordou de repente. Um pouco assustada. O corpo cansado. Olhou no relógio: seis e quinze da manhã. Não sabia ao certo quanto tempo tinha dormido. Só que não conseguia dormir mais. O corpo pedia cama, mas as emoções não conseguiam parar. Uma emoção se emendava na outra. A imagem do caleidoscópio voltou. Passado e presente se misturavam formando belas imagens. Numa harmonia de formas e cores. De repente o telefone tocou:

— Oi, meu amor. Como você está? Foi tudo bem ontem na casa da sua avó? Você não deu notícias, me preocupei com o que poderia ter acontecido.

— Oi! Que bom que você ligou. Que bom que você existe, que é real e que faz parte da minha vida.

— O que aconteceu, Clara? Por que você está falando essas coisas?

— Porque eu te amo e estou com saudades.

— Mas a gente se viu anteontem e foi ótimo.

— Nossa! Parece que vivi uma vida inteira em um só dia. É uma longa história, meu amor. Depois eu te conto tudo. Eu tô muito mexida, mas estou bem. Só que ainda preciso terminar de resolver algumas questões. E tem de ser hoje.

— Você precisa de ajuda?

— Preciso, sim. A Ciça tá com a mamãe e hoje é sábado. A Dorinha não vem trabalhar e a mamãe vai viajar com o João. Você pode passar o dia com a Ciça? Depois eu encontro vocês na sua casa, à noite.

— Claro que posso. Fica tranquila. Só dá uma ligada pra sua mãe avisando que eu vou passar lá daqui a uma hora, mais ou menos, tá?

— Pode deixar.

— Então, se cuida, tá? Um beijo grandão.

— Eu te amo, sabia?

— Eu sei. Eu também te amo.

— Um beijo enorme. Tchau.

Clara desligou o telefone supertranquila. Ela tinha certeza de que um tempo mais calmo estava por vir. Depois ligou pra mãe. Combinou tudo. Falou com Ciça e ligou pro irmão. Ainda era cedo, mas ligou assim mesmo.

— Beto, tudo bem? Sou eu, Clara. Preciso demais conversar com você. Hoje, de preferência agora.

— Mas, Clarinha. Não são nem oito horas da manhã. Não dá pra esperar um pouco?

— Não, Beto. Tem de ser agora. Eu ontem passei o dia na casa da vovó. Encontrei o pai, vi umas fotos antigas. Entendi tanta coisa, meu irmão. E ando sentindo demais a sua falta. Quero te ver.

— Tá bom! Me dá um tempo pra trocar de roupa e comer alguma coisa. Te encontro às nove nas pedras do Arpoador como nos velhos tempos. Pode ser?

— Pode. Mas... Beto?

— O que é, Clara?

— Vai de bicicleta, tá?

— Tudo bem, irmãzinha. Deixa comigo.

Como o dia que tinha acabado de nascer, Clara acabava de renascer de um passado que desaprendeu a doer. Pronta pra um futuro, ou melhor, pronta... pra viver o momento presente. Sem culpas, sem medos, sem pressa de saber o que ia acontecer. Cada vez mais, Clara tinha certeza de que o bom era saber viver cada instante como ele se apresenta.

O sol invadia Clara por inteiro, quando Beto chegou abraçando a irmã.

— Oi, Clarinha! O que foi que aconteceu de tão importante pra você me chamar num sábado logo cedo?

— Ah, Beto! É uma longa história. Mas você vai precisar abrir bem o seu coração pra ouvir tudo o que eu vou te contar. Não quero mais esconder nada das pessoas que amo. Sei que ultimamente a gente tá um pouco afastado, trabalhando demais. Só que ando sentindo você um pouco triste, sei lá. Como se você não estivesse totalmente feliz, como se faltasse alguma coisa. Mas isso é um problema seu. Não tenho o direito de me meter na sua vida. Aliás, não temos o direito de nos metermos na vida de ninguém, muito menos de julgarmos o que dá felicidade pra cada pessoa, né?

Beto estava meio atônito. Logo cedo aquela conversa séria. Ele não queria parar pra pensar na sua vida, nos seus problemas.

– Não se preocupe, Beto. Não te chamei aqui pra falar da sua vida, não. Te chamei pra falar de mim. Do que não aguento mais esconder nem de você, nem do pai. Mas, por favor, ouça com muita atenção tudo o que eu vou te contar.

E Clara contou pro Beto toda a sua história. Detalhe por detalhe. Emoção por emoção. No final, Beto apenas chorava. Ele não tinha palavras pra falar nada, nem pra recriminar ou julgar. Logo ele, que vivia se escondendo. Volta e meia arranjando desculpas pra justificar ausências.

— Oh, Clarinha! Como você é querida! Vem cá, vai, me abraça. Deita aqui no meu colo como você fazia nos tempos de menina. Lembra?

— Claro que lembro, Beto. Eu tava com saudades desse colo. Mas me diz uma coisa, Beto. Você vai jurar que não vai contar nada pra tua mulher. Esse segredo é só nosso, tá bem?

— Claro, né. Você acha que eu vou ficar falando essas coisas? Fica fria, maninha.

— Ah, Beto! Lembra da nossa prima Jacque?

— Lembro, por quê?

— Porque ela também se apaixonou por uma amiga um dia. Era a melhor amiga dela. Só que ela nunca conseguiu assumir esse desejo. Que pena, né? Porque até hoje, toda vez que ela encontra a tal amiga, os olhos dela brilham de um jeito diferente.

O sorriso não consegue se conter. Mas esse problema é dela. Só ela pode resolver um dia, se quiser.

— Nossa, Clara. Eu nunca imaginei nada disso. Como você conseguiu esconder isso por tantos anos? E a Jacque? Eu nunca percebi. Como é que pode?

— A gente aprende a se preservar, Beto. Só que eu não queria ser como a Jacque, medrosa. Não queria ter motivos pra me arrepender pelo que não fiz. Por isso corri atrás dos meus desejos. Tá vendo, só? Agora a gente tem mais um segredo.

— Lembra dos nossos passeios de bicicleta lá na serra, das nossas conversas?

— Como é que eu poderia esquecer? "Corre, Clara, sua molenga!" Você adorava implicar comigo.

— E você vivia querendo ser menino.

— Ainda bem que eu não consegui virar menino. Hoje em dia eu adoro ser mulher. Eu tô feliz, Beto. Finalmente entendi minha natureza. Me aceitei. Agora entendo o pai e a mãe. Eles são tão diferentes da gente. Cada um com sua história, com seus sonhos e suas limitações.

— Que bom te ver assim. Sempre soube que você se transformaria numa grande mulher.

Os dois abraçaram-se mais uma vez. De repente, um olhou bem dentro do olho do outro e deram um sorriso cúmplice. Correram até as bicicletas e só tiveram tempo de gritar.

— Corre, Clara! Eu vou chegar primeiro.

— Ah, dessa vez não, Beto! Corre você, porque eu agora não sou mais uma molenga.

O sol ia forte no céu. Numa bela manhã iluminando o mar, a praia e os dois irmãos que pedalavam.

Quando Clara voltou pra casa, pegou as duas cartas e deixou uma na casa do pai e outra na da mãe. Por sorte ainda pegou a mãe antes de ela viajar. Depois voltou pra casa. Tomou um banho, ligou uma música e deitou. Precisava descansar. Tudo havia sido muito intenso.

O pai e a mãe, cada um a seu tempo e a seu modo, leram as cartas enquanto Clara dormia. O pai chorou muito. Talvez pela primeira vez na vida ele tenha chorado assim e posto pra fora tantos sentimentos guardados. A mãe chorava de alegria pela filha linda que ela tinha. Pela coragem das duas, dela e de Clara.

Naquela tarde, Clara teve um sonho com a avó. Parecia realidade. As duas estavam no quarto de Isa. Clara estava de frente pro espelho do armário da mãe. A avó estava na sua direção, só que atrás, bem próxima da janela. Ela segurava uma caixa de joias de madeira escura. A caixa estava aberta e vazia. Clara olhava pra avó, que parecia estar bem mais jovem. Via quanto elas eram parecidas. A avó sorria de um jeito calmo e sereno. Clara perguntava.

— Pra que essa caixa vazia de joias, vó?

— Essa caixa é pra você, minha querida. Pra você guardar todas as joias da sua vida. Ela está vazia, porque só você poderá preenchê-la.

A avó caminhou até a neta e entregou a caixa vazia de joias, que fez com que Clara se lembrasse da caixa de beijos. Esquecida havia tantos anos. Ainda no sonho, Clara se viu com a caixa de beijos na mão. Ela abria a caixa. Guardava lá dentro um beijo seu. Depois pensou em seu amor, que também guardava ali um beijo. Pra eles ficarem se beijando. Sempre por perto. Depois colocou a caixa de beijos dentro da caixa de joias que era da avó.

A seguir Clara viu a mãe na porta do quarto. Em silêncio, vestida de bailarina. Como no dia de sua formatura. A mãe olhava e sorria. A avó olhava e sorria. A caixa de joias estava pronta pra ser preenchida por Clara. Agora era a vez da neta. Ela já havia vivido sua vida com coragem. Quando Clara viu a avó desaparecer de seu sonho, ela viu sua imagem no espelho. Pela primeira vez em tantos anos, ela se viu uma mulher. Um rosto de mulher que parecia ter amadurecido muito naqueles últimos dias. A avó virou uma luz. Uma imensa claridade invadiu o quarto pela janela aberta. Clara despertou e sorriu. Olhou ao seu redor. Viu seu quarto. Andou por sua casa. Tranquila. Sem pressa. Voltou ao quarto, trocou de roupa e foi ao encontro de Ciça e de seu amor.

Fazia lua. Uma bela noite de outono.

Agradecimentos

Aos meus filhos, sempre por perto.

À Christina e à Luciane, pelas histórias.

À Darcília (que já se foi), pela cumplicidade.

À Elvira, pela amizade.

Ao Fernando e à Marinalva, pela força.

À Sandra, pela caixinha de flores.